열
린

選

0
0
5

상처는 별의 이마로 가려야지

김
남
이
시
집

열
린
選
0
0
5

고요아침

별처럼 다정하고
별처럼 아스라한 것은
그의 상처에서 배어 나오는 빛이었다

어떤 상처는
누군가의 발을 옮겨 딛게 하는
힘의 원천이기도 하다

내게도 상처가 있다면
너에게도 상처가 있다면
그것이 나에게 너에게 닿는
빛이길······

2021년 6월
　　김남이

제2부

혼들리는 팔을 위해

제3부

모든 벌떡을 모아 너에게

제4부

밉고 그립고 캄캄한

제
1
부

초록 속에 초록이 아니어도

환절기

오전 내내 유행가를 들었다

오후에 구석구석 먼지를 털고 묵은 때를 문질렀다

저녁에 유리창에 어리는 물기를 보았다

낯설고 낯선 한 사람이 창밖에 서 있었다

오래전에 가본 먼 곳을 한참 생각했다

줄을 넘는다

줄 가운데로 어떤 무게가 몰려온다
어둡고 우둘투둘한 그것이 납작하게 깔려 없어지란 듯
발바닥을 쿵쿵 내리찍는다

배와 허리에 뭉친 살들이 덜렁거린다
태양의 눈총 아래 거뜬하기 위해
삐딱선 타는 내 입 달래기 위해
갑옷처럼 둘러쓴 살들이건만

줄을 넘는다
꼭 잡은 손잡이에 뭉쳐 있던 진동이
손목과 팔뚝과 어깨를 타고 발을 들어올린다
바닥에서 공중으로 잠시 날아오르는
줄넘기는 숨이 차고 종아리가 땅기는 순간의 연속

수없이 넘어가도 제자리에 서 있을 뿐이지만
내 발이 모르게 누군가 의도하는 줄
땀방울 매단 불빛 점점 흐려져도

줄은 나를 띄워 올린다

야문 관절과 곧은 척추로 서라고
발바닥 피톨들 정수리까지 끌어 올리며

한고비 넘긴 몸이 자동인형처럼 뛰어오를 때쯤
줄이 나를 놓아버리는 순간은 온다

제 절정에 취해 흩어지는 허공의 춤사위
그것과 무관하게
나는 바닥을 밀어낸다

그릇의 비명

철제 선반에 얹힐 때는 기분이 좋다
구정물에서 말끔히 씻겨 나와 몸 말리는 기분

때로 여자가 힘없이 눕는 날도 있다
그러면 쿨한 남자는 우리를 단번에 포개버리고

뒤늦게 다가오는 여자
겹겹의 물기로부터 우리 몸을 흩어 놓겠지
그녀가 오래전부터 내지른 비명처럼

와장창 깨어지는 것보다 더 두려운 일은
질척한 자신을 무리 속에 던져두는 것

창밖에 떠도는 바람과
나뭇가지에 수런대는 햇빛
한밤에 머물던 별들의 이야기
그 기억들을 우리가 다 잊은 것은 아니다

어떤 식탁을 위해 함께 반짝이고
어디선가 한통속으로 뒹굴어도

엇갈려 앉은 선반에서
우리는 밑바닥 우묵한 곳까지 다녀오곤 한다

그 힘으로 다시 정갈해진다

굳이 불을 끄고

눈이 내렸는데
흰 눈이 밤의 대지에 총총 쌓였는데

달빛이 그 위에 쏟아져서
보름이나 된 달빛이 두껍게 앉아서

나의 백야를 그렇게나 전하고 싶던 밤
불을 끄고 편지를 쓰던 밤이 있었다
누군가에게 닿기 위한 최소의 빛만 끌어안던
열여섯 겨울밤

어둔 날을 마중했던가
굳이 밝은 전등을 끄고

동전의 앞뒷면 같은 삶의 양면
나는 아무래도 어둠에게 동족 본능을 가진 듯
따뜻하고 말끔한 방을 두고

눈 덮인 산을 헤매다 미끄러지며
절간 행랑채에서 쭈그린 밤을 보내며
너무 크고 환하고 편리한 것들이 불안했다

차근차근 미래의 오늘을 예견했을까
선량한 사람의 좌절과 분노 앞에
울면서 핏방울과 유리 파편을 줍게 되리라

생의 뒷날에 밀어닥칠 어떤 어둠도
달빛과 흰 눈의 기분으로 헤쳐가리라
예비하던

그 밤 내 몸에 이식되었을 것이다
백야의 고요한 힘

그때의 기분

수목원을 찾을 때는
그때의 기분이 있지요

유월의 입구를 다 차지한 저 꽃
흥청망청 초록 속에 금빛 비 그리는
저들 내력이 자꾸 따라와요

단단한 씨앗이라지만
물범도 아니면서 물범의 여로라니요*
저편 해안에서 육지까지는 멀고 험한 길
바다 물결 위에서 끝날지 모르는데,

수목원에 즐비한 수목들 밀쳐두고
뒤따라오는 그 나무만 생각한 것은
바닥만 보며 걷는 기분 같은 거지요

다섯 달에 삼천오백 킬로라니요*
힘센 꼬리 날렵한 갈퀴도 없는 항해

편서풍이 고이 밀어줄 리 없는데,

보트처럼 생긴 씨방 갖지 못한
나도 돌아가면 어떤 선택을 해야 한다고
초록 속에 초록이 아니어도
발 내디뎌야 한다고

그 나무 모감주의 기분이
계속 발목에 감겨요

*『녹색동물』(손승우, 위즈덤 하우스, 2017)에서 빌려옴.

왜 그렇게 살아

툭 던진 너의 말이
내 책상 위로 떨어지자
늦은 밤의 보료에
활자들이 유리 파편으로 흩어진다

보이지 않는 별을 안고
낮과 밤의 경계를 떠도는 나를 너는 모르고
밥이 되지 못해 당당할 수 없는 내 어떤 일을
너는 도무지 모르고

너의 말이 아니어도 가끔 생각한 적 있다
당찬, 맹렬한 같은 말 품고 살았다면
코스모스보다 검붉은 장미를 좋아했다면
놓인 자리보다 놓일 나를 곰곰 따져보았다면

암각서로 만났을까 이 활자들
내 속에 상처를 긋는 파편들
네게 보여줄 수 있을까

왜 이렇게 사는지 밤새 횡설수설과 놀아도
내일 아침은 또
'전자 세금 신고'라는 사거리 현수막이
한사코 '전세 자금 신고'로 읽히겠지만

그런 아침 문장들은 더 다급하다
상처는 별의 이마로 가려야 하니까

CCTV 카메라

재개발 앞둔 동네
골목골목 툇마루마다 눈들 박혀 있네

고정된 풍경인 듯 텅 빈 배경인 듯
느린 몸의 품새로 앉은 할머니들
쉼 없이 눈동자 굴리며 찍고 또 찍네
어제도 오늘도
보이는 것도 안 보이는 것도

카메라 방향 눈여겨본 적 없었는데
한 분 지나는 나를 부르네
머리 모양도 걸음새도 아는 이와 흡사하다고
어찌 그리 닮았냐고 묻지만
매일 그즈음에 그 길 그 툇마루 지날 뿐
닮음도 합동도 나는 모르는 일

그들이 사람 같은지 귀신 같은지
인정보다 사연 많은 얼굴인지 무심히 지나다니는 사이

나는 어디까지 노출되었나
고향 마을 아지매들도
남의 집 제삿날까지 다 꿰곤 했는데

말끔한 길 위에 무언가 왈칵 쏟고 싶은 심보도
길가 벤치에 구름처럼 앉아 있는 것도
이제 멋쩍게 돼 버렸네

비탈에 선 벚나무

가까스로 나무인 걸 알아챘을 때
외딴 자리 한 뼘 지상에 나는 서 있었다
위태로운 발아래가 앞날처럼 막막했다

빛을 고루 받을 수도
뿌리를 마음껏 뻗을 수도 없지만

살아야 하는 데는 이유가 없는 것
보는 이 없어도 꽃나무이길 그만둘 순 없는 것
날마다 푸른 하늘에 가지들 닦고
수없이 바닥 짚으며 그늘 펼치는 사이

내 몸에 꽃잎들 피어났다
비탈 아래 주춤대는 걸음들에게
뜻밖의 꽃길 되어주는

나의 꽃잎들
빙그르르

떨어지는 것은
오늘도 꿈을 꾸는 것이겠지

연둣빛 잔디 위에 앉고 싶은 꿈
새로 태어나고 싶은 꿈

그러나 여기 씩씩한 또 하루는
여리고 환한 너희의 것

어두워야 보이는

한동안 어둠을 잊었던
저 창밖엔 이야기가 많았다

햇살 아래 바람이 놀고
나뭇잎을 튕겨내며 소년이 뛰어가고
언덕이 숨차게 자전거를 당겨 올리는

태연한 저들의 밝음 밀쳐두고
오늘 밤
창밖이 품은 어둠 살피려 했을 뿐인데

정말 창이었을까
고스란히 내가 어린다

어둠은 그동안 어디 있었나
외진 골목과 높은 산마루 지나고
수평선 밖 먼 행성에서 연마한 마술을
지금 내 창가에 부려 놓나

어둠이 이렇게 환하게 오다니,
잘 길든 물개를 닮은 습관과
타조 목처럼 작은 머리 빼 올린 발화
누구였을까

어둠을 가로 막고 서서
이제야 내가 보이는 밤이다

피라칸타

깊은 데서 죽은 척 겨울잠 자든지
매달고 싶은 알들 꼭 품어 겨울눈으로 기다려야 할 때
봄까지
텅 빈 뜰 혼자서라도 지키겠다고?

마음 가는 곳 어쩔 수 없어
햇살 가난한 가을에게 왔겠지만
물오른 눈매 선홍빛 심장 훤히 드러낸 채
한겨울 맵찬 바람을 다 견디겠다고?

발바닥 간지러운 사람들
네 겯기 울타리마다 탐내면
지구 반대편 너의 화답은 한달음
외핵 뚫고 내핵 건너와 언 땅 밝히지

그러나 너의 정열 불가마처럼 벅차서
이내 방 깊숙이 들앉아 버린 성화들
다시 봄꽃으로 몰려가도

추운 계절 꼿꼿이 서 있고 싶은

너, 피라칸타야
산과 들 살 만하다 깨어나면
그때서야 투사의 마음 거두고 한숨 돌릴
너는 참 어쩌지 못할 피를 가졌구나

플라나리아에게 미안하다

아이가 물었다
플라나리아는 몇 급수에 사냐고

몸이 잘려도 다시 사는 생태와
거뭇한 빛깔에 둥글넓적한 모양새
3급수에 닿는 내 상식은
한 치의 망설임도 없다

나의 1급수는
몸피 팍팍하고 표정 까칠한 가재의 것이지만
얕은 부끄러움은 빨래 건조대쯤에서 붉고

그의 서식지는
눈 감아도 세상 환히 보이는 물속
가벼운 풀잎 무늬도
깊은 나무 그림자도 붐비지만

굴곡진 바위와 수없이 씻긴 자갈들 사이

꾸미고 부풀리는 건 관심 없는 그가 있다
아무것도 모르는 눈빛으로
제 몸뚱이나 비비적거리며

그는 1급수에 살고 있었다

식어간다

놓을 수 없는 뭔가가 있는 것이다
찬물 가운데 서 있는
뜨거운 곡차 한 병

내뿜는 김은 사방에서 몰려온 찬 기운에 날아가고
발치가 주변부와 닮아가도
심장 근처는 여전히 뜨겁다

양푼이 더 찬물로 채워지고
얼음팩도 들어온다
찬 덩어리가 제 무리들 휘저어 몰아붙일 것이다
아니꼽다 툭툭 치기도 할 것이다

견디기 힘든 물병은
조금 더 빠르게 열기를 놓아버리겠지만
그런 중에도 맛은 익어갈 것이다

뜨거움 부글거릴 때부터 물의 중심을 매만지던

알곡

발바닥 힘껏 빨아올린 땅 기운과

손바닥 아리도록 감싸 안은 햇살과

게으른 어깨 깨우던 바람

팬의 불기운에 담금질까지

알곡의 지나간 시간이

식어가는 밑바닥에서 천천히 우러날 것이다

물병 속 물은 달고 구수한 향내 풍기겠지만

누가 나를 식히는 것일까

나의 항아리

남들은 내가 키운다고 했지만 사실 항아리가 나를 키우고 있었다 아름다운 내 항아리 먼지 앉을세라 금 갈세라 두 팔로 감싸 안고 수시로 닦고 문질렀다 무언가를 향해 있는 마음은 가끔씩 확 뻗쳐오르기도 하는데 그런 날이면 아예 몸에 붙여 안고 다니기도 했다

익숙하지만 누군지 분명치 않은 얼굴 하나가 항아리에 손대는 꿈을 자주 꾸었다 그는 지푸라기와 흙덩이를 집어넣기도 하고 거친 쇠꼬챙이로 표면에 흠집도 냈다 또 어떤 날은 돌멩이로 부숴버리려 했다 쓸데없이 부풀려진 거추장스런 물건이라 했다

그에게 악다구니 쓰며 손목을 분질러 버리고 입속에 오물덩이를 처넣고 싶었지만 그가 누군지 도무지 알지 못했다 얼핏 나를 닮은 것도 같았다

사방이 캄캄한 그믐날 나도 캄캄해져서 아무도 모르게 항아리를 멀리 떼어 놓기로 했다 어떤 궁리로도

버리거나 부술 수는 없어 뒤란에 얼마간 묻어둘 요량
이지만

  항아리에 어울릴 꽃이나 열매를 마련할 때까지 참
는 내 방식 아직 통할까 항아리도 앙다문 입으로 제
근육 움켜쥘 것이다 내린 듯 사라지지만 땅속까지 적
시는 진눈깨비의 겨울을 잘 보내야겠다고

은단풍

사원식당 앞 은단풍 나무,
어린아이 징검다리 건너듯 갸웃갸웃
자그마한 풍선이 포르르 날며 구르는 듯
조심스레 입 밖으로 걸어 나오는
그 소리 은은하고 맑아서
나중에 '은단풍'이라는 딸을 낳고 싶었던

그 나무 밑에서 점심시간마다 우리는 비스킷을 먹
었지
기계 소리도 작업반장도 없는 그 나무 밑에서 깔깔
거리며
스무 살 부근을 와작와작 부서 먹었지만
몇몇은 그 나무에 기대어 늙은이처럼 담배를 피워
물었지만

사원식당 앞 은단풍
깨끗한 아침 햇살과
강해지려고 자꾸 다짐하는 한낮의 태양과

한쪽 뺨이 그늘진 노을도 골고루 먹고
큰 키로 수천의 반짝이는 잎들 흔들 때
내가 믿는 신처럼 올려다보게 하던

은단풍 은단풍 은단풍
그렇게 주문을 외면

내 안에서도 나무 한 그루 뚫고 나와 삐죽 솟던
그 나무에 무엇인가 자꾸 매달고 싶던……

날씨 때문에 괴롭진 않아요

오늘 처음 보는 계단을 올랐어요
뜻밖의 인적 드문 돌무더기에 밀려
비탈길은 강가에 닿았어요

잠시 모르는 세계였어요
태초의 한 줄기 빛으로 가는 입구인 양
일어나지 않는 내일 앞에서 만나지 못한

가성비 좋은 물건을 사는 일이나
최신 유행에 관한 둔감을 잊어도 좋았어요

낮에 먹은 쑥갓 향이 목구멍에 맴돌 때
오늘이 친한 척 팔짱 껴 오기도 했지만
왜 오늘은 죽지 않는 걸까 늘 생각했어요

밥 굶는 것이 그토록 겁났을까
사실은 그게 뭔지 몰랐어요
남들처럼 못 살까 봐 계속 움직였어요

부끄러워요 엄마
코를 닦느라 피를 보지 못했어요
날씨 때문에 괴로워하지 못했어요

절박한 것인지 성가신 것인지
진단도 못 한 채 떠밀어낸 도꼬마리 같은 것이
아직 옷깃에 붙어 있는 걸 보았어요

강을 건너면 내일일까요
날씨를 살피며 걷고 싶어요
날 떠나지 않은 그것에 말 걸고 싶어요

흔들리는 팔을 위해

옷 벗기 놀이

일 분에 스물네 번
팔을 폈다 접으면
열두 쌍의 따끈한 장갑이 밀려 나온다
이 장갑으로 나를 키우시는 아버지
이 작업장에서 꼭대기까지 오르는 내 체온

옷 벗기 놀이를 생각한다
벽시계 분침이 돌아가는 동안
내 몸에서 하나씩 벗겨져 나가는 꺼풀들

나를 내 속으로 욱여넣는 연습처럼
동그랗게 말려 장갑 잡은 손만 남을 때
백 년쯤 이러고 있는 내가 보인다
여기 앉아서 동생과 찰흙 놀이를 하고
여기 앉아서 우등상을 받고
여기 앉아서 아이를 낳고

상대가 알파고가 아니어서 다행일까

방심하고 덤비면 과열로 이내 지고 말겠지만
살아남는 최선의 준비를 나는 알고 있다

흔들림 없는 기계 앞에
흔들리는 팔을 위해

옷 입는 방식에 주의해야 한다
한때 즐겨 입던 빳빳한 목 셔츠는 금물
눈 깜짝 안 하고 벗어 던질 앞여밈 여러 겹과
선발대인 스카프 두어 장

양말도 벗고 싶어질 때쯤 타임아웃이 온다
다시 내려가는 체온이 벗은 것들을 당겨 입고
다음 타임을 기다리지만 놀라운 일이다
이렇게 재미없는 놀이도 있다니

이 놀이를 평생 하시다니
아버지는 대체 어디까지 벗어야 할까

사과의 눈물

금세 불룩해진 광주리에서
맨 나중 담은 사과가 굴러떨어지네
주워 담으면 그 옆에 것이
다시 비집고 앉히면 또 그 옆에 것이 밀려나
바닥에 내동댕이쳐지네

창공에서 붉게 흔들리던 날도 있었지만
초록 잎의 배경도 손 잡아주는 가지도 다 떼어내고
막 광주리에 담기는 사과들

바람 불어 위태롭던 봄날도
빗물과 땡볕의 여름도 껴안고
온전한 상자에서 반짝이고 싶었는데
지상의 문간들에 싱그런 향내 피우고 싶었는데

눈앞의 광주리는
왜 이렇게도 작은가
저 사과들 다 담을 수 없네

나무마다 그 아래
어떤 것은 깨지고 어떤 것은 멍든 꿈들이
이미 수북하네

코러스

생물 청어 생물 아구 생물 고등어
사내가 골목 입구에 부려 놓는
바다보다 싱싱한 목소리

욕실 바닥에 악쓰는 솔 끝과
청소기 흡입구 아귀와
얼룩들 휘감는 세탁조 소리도 움찔한다

요일마다 다른 골목 돌며
얼음 박힌 생선 상자 내리는 사내도
한 시절 아름다운 선율 꿈꾸었겠지

초록의 활엽수림에 쏟아지는 빛처럼
청중 속에서 부르르 몸 떨리는 음률에 기대
생의 한순간을 꼼짝없이 붙들리고 싶은

사내의 화음은 점점 절정으로 치닫고
욕실도 거실도 베란다도 아랫배 당기고

발꿈치 치켜 올린다

생물에 대해 아는 대로 목청 높이던
생물 선생보다 몇 배나 쩌렁한 바닷소리
내륙의 어둠에서 간신히 입 벌린
나의 아침도 한 옥타브 튀어 오른다

객석의 나무들이 자세를 고쳐 앉는다

취업 박람회

까맣게 붙어 있다
좁은 골목 한구석
누군가 먹다 버린
어쩌면 다 먹고 버린
그러나 아직 달큼한 즙 묻어나는 과일 속
딱딱하지만 씨방 품고 있는
씨방이 수백 수천 배로 증식할지 모를 거기에
개미들이 개미들을 밟고

전부를 내어 주면
한 줌 미래의 문 열어주겠다고
어서 오라 성황 중인 취업 박람회

파리들도 빽빽이 앉아 있다
높은 담장 아래
어떤 녀석이 실례해 놓은
아니 베풀듯 퍼질러 놓은
눈먼 금덩이같이 누런빛의 강아지 똥

뜻밖의 반가운 횡재
별로 넉넉지 않지만 아직 김 오르는 그것을
서로의 날개 짓뭉개며 핥고 있다

파문

살얼음이 끼기 시작한 호수에
지나던 아이가 돌을 던진다

얼마나 두꺼운 얼음인지 보려 했을까
나도 깨뜨리고 싶던 물의 불안

돌에 맞은 살얼음이 조각나며
물결의 둥근 파장은 멀리 퍼져나간다

아이가 의기양양 돌아서서 가고
물속에서 깨지는 풍경들

우리는 자전거를 호숫가 목책에 기대어 놓고
주변을 다 품은 수면에 얼굴을 비춰보곤 했었다
물속 어족들이 알바의 고단함을 받아주던
그 풍경에 누가 먼저 돌을 던졌나

이제 좀처럼 호수를 찾지 않는 그녀와

늘 밥보다 먼저 소주에 손이 가는 나
우리는
아직 흐르고 있을까

얼음보다 풍경을 깨는 일인 줄 알면서
돌은 점점 내 손에 익숙해지겠지만

호수는 곧 두꺼운 얼음에 덮일 텐데

배회

호수 주위를 돌고 또 돌았다

물가에 선명한 풀이나 꽃
물 위에 펼친 연잎과 그걸 딛고 오른 연꽃
물속에서 힘차게 지느러미 젓는 물고기 떼
그들에게 책임을 물을 순 없다

점점 나아지지 않겠냐고 내가 말했을 때
거짓 희망이라고 고개 젓던
희미한 웃음이 계속 따라왔다
어떤 믿음은 습관화된 진실이라고 했다

호수 주변 쉼터마다
바둑판에 코 박은 사람들
지나온 길과 내디딜 한 곳을 모색 중이다

호수 저 안쪽 분수대
물줄기가 그리는 포물선은
쏘아 올린 만큼의 각도로 떨어진다

몇 개의 좌표와 꼭짓점을 찾아 이으면
부드러운 빗살 토기나 맥고모자처럼 충만해지던
저 곡선, 얼마나 좋아했었나
접시나 무덤꼴은 보이지 않던 시절이었다

호수를 바라보다가 또 걸었다
꼭 찾아야 할 것이 있는 건 아니었지만

정말이지 나의 꼭짓점에 대해 알고 싶었다
최댓값을 지나온 것인지
최솟값을 향해 좀 더 가야 하는지

폭만 넓고 기울기가 미미하여
형태를 가늠할 수 없는 내 그래프도
꼭 맞는 식을 갖게 될까
누군가 유심히 들여다봐 준다면

다시 끓이곤 했다

살짝 흐려 있는 콩나물국
비틀린 멸치나 북어살 한 점 없이
쏟아버리면 금방 잊힐

냄비 바닥에 고인 미련 몇 가닥이
개수구에서 주춤거렸다
붉고 노랗고 푸릇하니 다 제 색깔 가진 것들

물을 더 넣고 팔팔 끓여
허물해진 파와 당근채와 콩나물로 또 한 끼를 넘기니
아렸던 속이 순해졌다

너덜해진 내가 쓸모없게 느껴질 때마다
쓰레기통에 던져 넣을 수도
얼룩들 햇볕에 널 수도 없어서
지나간 어둠을 조금 더 부어 끓이곤 했다

바닥의 건더기들 휘젓다 보면

쉰내를 날려 보낸 색깔과 아삭거림이
애써 거품으로 떠올랐고

멀리 가는 꿈은
거품 방울에도 목 축이고 있었다

나는 사라질 것이다

앞서가며 내뻗던 팔도
꼿꼿하던 목도 사라진다
내리막 만나 지하 궁으로 들었는지
모퉁이 돌며 선계로 솟았는지

오래된 가지들 엉켜 길도 하늘도 다 덮은
밤의 숲은 한 치 앞을 알 수 없다

한 눈 잠시 허공에 두면
나락으로 떨어질 수도
좋은 운이 주의 깊게 내디디면
밤하늘에 폭죽 터지듯 귀인을 만나기도 하는데

가로등 불빛도 이내 시드는
구불한 이 길에서
돌부리에 차여 비틀거리던
몇몇은 더 늠름하고 단단해질 것이다

낯선 숲에서의 캄캄한 산책
이것은 날마다 되풀이되는 낯익은 행보
아무 탈 없이 숲을 돌아 나간다 해도
나는 사라질 것이다

어둠을 뭉개고 온 누군가가
다시 내 집 앞에 설 것이다

북해로 가요 언니들

새벽 꿈은 맛있냐고
왜 새벽에만 불을 지피냐고 물을 수는 없어요

가시를 눕히고 돌아오는
저녁마다 언니들 몸이 분열되는 걸 알아요
주방에서 세탁실에서 아이 방에서
한밤중을 건너며 모여드는 등과 손발과 팔다리
언니들이 얼마나 서둘러 수습하는지 알아요

새벽 세 시에나 잠들 수 있다는 박 언니
뿔뿔이 잠든 부위들 새벽녘에 모인다는 김 언니
송 언니는 가끔 도술도 부린다지요 두 몸이 되거나
하루를 이틀로 산다니 북해를 다녀온 걸까요
일찍이 기 언니*는 현주玄州**의 불사약을 먹고
몸 가볍고 기운 강건해 하늘과 땅 오갔다지요

우리도 북해로 가요
공작 깃털 같은 자귀나무 꽃잎을 책갈피에 말리던 언니

해 질 녘 달맞이꽃 이름 되뇌며 「첫사랑」도 훔쳤지요
창가에 기대어 투르게네프와 속삭이던 꽃잎들
기다리다 지치면 한순간에 날아가 버릴 걸요

맛있는 꿈이 끓어 넘쳐도
새벽빛은 너무 얇고 짧다는 걸 알아요

북해의 잠들지 않는 약초로
오만 일들 한 칼에 눕혀 버리게
북해로 가요 언니들

* 김시습 「취유부벽정기」에 등장하는 기씨 여인.
** 북해에 있다는 섬으로 신기한 풀이 풍부하다고 한다.
  『금오신화』(민음사, 2009) 주석에서 빌림.

변신

싱크대를 새로 들이고
불만이나 슬픔 따위 듣도 보도 못했다 해서
영원히 때 묻지 않고 반짝일 거라 해서

기도처럼 닦고 또 닦았다
기름 찌꺼기들 달라붙을세라
내 등짝에 드러눕는 게으름도 무겁지 않았다

그러나 그도 마음 같지 않은 것일까
바다와 들판과 사육장에서 흘러온
만만찮은 내력들
밀쳐내지 못하고 주억거린 흔적 자욱하다

달래고 어르는 사이 서로 스며들고 마는 것
완강히 붙은 조리대 기름때도 개수대 곰팡이도
이제 싱크대와 한 몸이다

그리하여 더이상 싱크대는 그 자리에 없다

요리에 서툴거나 도통하거나
그 앞에 눌러앉아 속 풀어 놓기 좋은
아지매 품 하나 놓여있을 뿐

풀꽃

동백이나 목련처럼 커다란 꽃 한 송이 매달고 싶었
어요
뒤꿈치 들고 허리 휘도록 몸 움직여도
햇빛은 낮은 내 자리까지 충분히 내리지 않고

나는 늘 보일 듯 말 듯 변변찮은 꽃이나 피우잖아요
꽃인 듯 아닌 듯 혼자 피었다 지고 마는
나도 가끔 눈길 끌 때 있긴 해요

친구들과 단단히 손잡고 모여 있으면
무슨 잔치나 대단한 일 벌이지 않아도
사람들이 슬금슬금 몰려와요

햇빛은 저 너머 너머에 있는데
소복이 맞댄 우리 얼굴이 무슨 빛을 만들기도 하는지
그렁그렁 어깨동무가 들판 흔드는 춤이 되기도 하
는지

저녁의 에피소드

빗방울 날리는 저녁
그가 돌아서는 내 팔을 잡았다
종일 지진 더미를 헤치다 온 듯
땀 젖은 돈과 수첩 내밀며 입금, 좀, 시켜달라는 사람
글씨가 잘 안 보인다고 했지만
더 캄캄한 무엇이 그의 화면을 가린 것 같은

빗방울이 유리문 밖에서 점점 굵어지고
서둘지 않으면 상관에게 멱살 잡힐 것처럼
주억거리는 고개 맞잡은 두 손
카드도 통장도 없이 입금하는 것은
돈도 배경도 없이 살아내는 고행이다
번호도 이름도 끝없이 불어야 하므로
몸을 뒤져 내 눈앞에 훌렁 까버린 주민증
그의 전부를 꾹꾹 눌러 깔고 서른 장을 먹였는데
그의 상관은 두 장을 토해냈다 다시 잘 펴서 넣어도
눅눅한 불안은 자꾸 튀어나왔다
재빨리 내 주머니 속 두 장과 바꿔치려는데

63

상관의 비서는 기다려주지 않았다
너무 지체되었으니 처음부터 다시 하란다

빗방울은 줄줄 빗물로 흐르고
욕도 걷어차는 시늉도 없는 사람
안 되는 일에 많이 굽실거려본 듯
더 내려앉은 어깨로 스마트한 상관 앞에 어쩔 줄 모르는
그의 휴대전화가 울렸다
쩌렁 새어 나온 진짜 상관의 목소리는
그를 아버지라 불렀다

달님은 웃지 않았다

허릿살이 훌라후프와 밀고 당기는 동안
귓속으로 라디오 소설도 흘러드는 밤
소설 속에서 나왔을까 고양이가
비릿한 검은 봉지 물고 숨어든 밤
꽃 피운 해바라기도 옆집 담장 위에서
흐뭇이 내려다보는 밤

보름 가까운
달님은 웃지 않았다

며칠째 그치지 않는 기침이나
낮에 목덜미에 묻은 사소한 내 슬픔이야
마당에서 빙글빙글 돌다가
공항 쪽으로 비행하는 불빛 따라 흩어지겠지만
담장과 고양이도
은밀한 밤의 기쁨으로 낮의 피로를 잊겠지만

달님은 점점 무거워지고 있었다

우리 집 대문 앞에 서성이다가
얼른 골목 쪽으로 몸 돌린 그이는
폐지 줍기 초보 할머니
자정 가까운 마당 소리에 놀라
느린 걸음을 빠르게 옮기고 있었다

길 위의 저녁

대합실 건너편 네온 꽃들 저희끼리 더욱 다정하지만 목청 높은 노래도 휘감아 도는 몸짓도 남겨두고 개찰구를 빠져나간다 요동치는 전자 시간 아래 무심한 개찰구처럼 나도 입산하는 수도승의 자세 취해 보는 것이다 그러면 지나치게 대범해져 즐거움 흥건한 눈빛들 무시할 수 있다

모든 길은 어디쯤에선 갈라진다 어린 날 삼십 리 먼 학교 길 마을 하나 끝나는 곳에 큰길과 작은 길 갈리는 한 길만을 택해 집에 닿아야 하는, 작은 길은 기대할 아무것도 없었다 지나는 자전거 얻어 타는 그런 행운 멋진 중학생 마주칠 꿈도 없어 막막하던……

해 질 녘 철로에는 잔광인지 그림자인지 뜻밖의 풍경 쏟아진다 처연한 하늘과 여름 숲 뻗어 나간 그 무늬 끝을 따라 내 발목 조금씩 길어지고 이마도 가만가만 펄럭인다고 느낄 때 돌연 달려오는 열차 거기 한 무리 낯익은 아이들 좁은 길 택해 새소리 풀 냄새 들

꽃들에 안겨 집으로 가는 발그레한 얼굴 달고……

   길이 끝난 지점에서 팔 벌려 주는 낯선 불빛과 산
야, 마침내 집으로 가는 저녁이 열차에 발을 올린다
발그레한 얼굴이다

뜨개질

한 뭉치의 뜨개실을 샀다
탐스럽고 넉넉한 한 다발의 시간

아침마다 찬 공기 마주하는 식구들의
뜨거운 국물이거나
점점 머리숱 잃어가는 친구의
바퀴를 위한 동행이거나

첫 코의 설렘은
우리 시간의 양팔 제대로 짰지만
한결같은 몸통이란 늘 어렵다 등도 가슴도
습관적인 손놀림에 올이 느슨해지고
애써 넣은 포인트는 미운 티가 되고

몇 단 짜 올린 몸통을 되풀어
구불구불한 시간 더듬을 때
실이 끊어질 줄은 몰랐다

한 번 끊어진 실은 주루룩 풀린다
시작도 끝도 엉켜버린 한때를 잘라냈다
최선이란 확신 없이

뭉텅 작아진 뭉치
오래 바라보면 출발할 수 있을까
다른 무늬의 아침 뜰 수 있을까

동산

동산에 들렀다 했는데
그게 뭐냐고 어디 있냐고 그가 다그쳤어
한자漢子로 폼나게 풀어줘야 하는데
아, 오래된 기억이 없네
마을 산인가
어른 산이 못 된 아이 산인가
다가선 스마트폰 첫 자리에
말ㄹ의 세간 길게 거느린 동산動産이 있었지
나의 동산은 한자가 없어 길 옆이나 뒤쪽 구석에
없는 듯 쭈그려 있는 제 모양 그대로네
마을 부근에 있는 작은 산이나 언덕
나의 동산을 일러주니
너는 참 동산을 좋아하더라 했지
동산 동산 참 좋은 동산
에덴동산 뒷동산 거북동산 시비동산 인물동산
친한 동산들 읊어대는 내게 그가 하는 말,
매실동산 허브동산 놀이동산같이
부동산으로 가는 동산 좀 좋아해 보시지

덜 여문 나는
이런 말 들으면 또
달이 보이는 동산에 오르고 싶단 말이지

제
3
부

모든 벌떡을 모아 너에게

심심한 날

쪼그려 앉아 운동화를 빨다가
잿빛 기억이 부풀며 하수구로 모이는 걸 보다가

벽으로 드나드는 남자* 이야기를 읽다가
벽에 달린 내 얼굴에 누군가 놀랄 상상을 하다가

철 지난 옷 정리를 하다가
몇 년째 손 가지 않던 옷에 코사지를 만들어 붙이다가

계집 호리는 주문을 연마하여 보냈다**는 요절 시인
의 시를 읽다가
북두칠성의 국자 속에 숨어 있는 그의 옛사랑을***
꺼내 보다가

낯선 사람이 되어 산책을 나갔다가
세상에 혼자인 듯 공원 벤치에 앉아 커피를 마시다가

여간해서 흔들리지 않는 누군가에게 문자 수다를
떨다가……

또 저놈의 해가 진다

고대하던 날은
얼마나 기다려야 다시 올까

시외버스를 타러 가고 싶었는데
오래 생각하던 사람에게
문득 생각난 듯 가고 싶었는데

아직 멀었다
심심한 날이 몇 날이나 이어지면
안 가고 못 배기는 이유가 되어 줄까

* '마르셀 에매'의 소설.
** 진이정 시집『나는 계집 호리는 주문을 연마하며 보냈다』.
*** 진이정 시「생각에 대하여」.

벌떡을 기다리며

의자의 희망일까
나에게 올 선물일까

어떤 장소에서
참는 마음에서
질척한 기억에서

벌떡 일어나자고
저 외진 한 생각
등짝을 후려치면

웅크린 숲 지나 들판으로 달리는 한숨
힘센 구름 밀치고 하늘로 날리는 눈물

어떤 말을 좋아하냐고
누가 지금 나에게 물어오면
벌떡, 그 말 품고 있다 하지

한때 내 용기의 원천이었던 어떤 이름처럼
도도한 피 끓어올려
수틀릴 땐 언제라도 벌떡

그러나 지금은 나의 모든 벌떡을 모아
너에게 줄게
병마의 손아귀와 눈초리 뿌리치고
벌떡 그 침상에서 일어나길

울음

1
물이 천천히 잦아드는 듯한데
시원하게 내려가는 소리가 없다
내버려 두기엔 마음이 쓰여 자꾸 들락거린다
압축기로 공기도 불어 넣고
손잡이를 오래 누르고 있어 보아도
막힌 변기는 뚫릴 기미가 없다

하는 수 없다고
얼마간 저 혼자 삭힐 시간을 주자고 돌아설 때
불현듯 들려오는 소리는 가늘고 껄끄럽다
무언가를 간신히 내려보내는 듯이 찌르륵거린다
목울대쯤에
아니면 심장 근처 어딘가에
뭔가 많이 쌓여 있는 것일까
언제 무엇 때문인지 나는 알 수 없다
늘 하던 대로 찌꺼기들 흘렸을 뿐인데
아무도 몰래 숨 헐떡이고 있었다니

2

당신 방에서 들려오던 잦은 흐느낌 소리에
언젠가 짜증스레 문 열어젖힌 적 있다
혼자 쏟는 울음이
당신 살아 있는 소리인 줄 그때는 몰랐다
이제 무슨 일에도 무표정인 당신이
속 시원히 한 번 울었으면 좋겠다
가시처럼 걸린 것들
다 내려보내고 터지는 천둥 같은
당신 울음 볼 수만 있다면

네가 다녀간 일

식탁 모서리에 진득한 흔적
손으로 젖은 행주로
마른 눈길로 지운다

그때가 언제였나
한동안 금기였던 너를
손안에 만지며 집으로 데려오는 동안
집 안을 걸으며 몸속에 들이킬 동안
생각이란 생각 다 접으려 했지
옆집에선 고양이 울음 요란하고
앞집 빨랫줄 색깔 옷들 선명했지만
건너편 텃밭 마늘종도 매콤하게 올라왔지만

그건 전율이었는데
새 달력을 거는 것처럼 아무 일도 아니게 되는 것

폭풍우가 지붕을 때리고
함박눈이 처마 밑에 쌓일 동안

내 손과 귀와 눈도 몇 차례 나뒹굴었지

한때 심장도 삼킬 듯 흐르던
내일은 또 어느 구석에 묻어 있을지
나는 얼마나 오래 문질러 닦게 될지

내게 한 연애가 다녀갔음을 알겠다

몸살

웃음도 동글동글한 것만 흘리는 여중생들이
이른 하굣길 패스트푸드점으로 몰려가고

마침 네가 온 날이었지
계획 같은 거 모른다고
막 쳐내며 살 수밖에 없는 날들이라고
우리도 장바구니 든 채 어묵을 먹었지

국물 속으로 눈 마주칠 때
저들처럼 시험을 치고 싶었지
일찍 하교해 구들장 뜨뜻한 네 방에 앉아
리넨 새하얀 천에 색실 수를 다시 놓을 수 있다면

꽃잎 꼭꼭 채워 식탁보 수놓듯
새틴스티치로 네 엄마를 탱탱하게 채우고 싶었지
긴 무의식의 창살 부수고 김치전 구워 주시면
체인스티치로 나팔꽃 넝쿨도 올리고
문설주 감은 대출이자는 훌훌 풀어버리고

창호문 밖 댓돌까지 내려온 별들이
우릴 바라보다 몸살 앓던 그때처럼

다시 학기말 시험을 치고 싶었지
동글동글 웃을 수 없는 몸살의 날들
시간 밖으로 가는 기차에 오르고 싶었지

이상 기후

끝난 겨울인 줄 알았는데
눈이 내리다니

우둘투둘 얼음처럼 잠긴 내게
당신이 꽃으로 오시다니

땅은 얼른 눈을 안아 녹이고

나는 머뭇머뭇 당신 따라 깨어나고

한식 무렵

그 누구에게 시비를 걸고 멱살잡이를 해도
물구나무서서 더러운 속을 다 토해내도
이곳 어디에도 나를 아는 사람은 없어요

그러나 꽃들이 연신 벙그는 지금은 한식 무렵
뉴스에서는 연일 미세먼지와 꽃가루를 경고하지만
찬 음식을 먹고 성묘를 간다지만
떨리는 벚꽃 아래 당신과 서 있던
내겐 너무 다정한 한식 무렵인 걸요

벚꽃 지듯 금방 떠나갔지만
이미 내 안에 그득한 당신
이리저리 구르던 어느 날도 그립지 않았어요

살다 보면 가끔 있다는 개 같은 오늘
한 덩이 오물 자루 내 몸 낯선 곳에 부려놓고
터지고 말까 생각하니 한식 무렵
아직 그날 그곳 그 당신이

내 안에 있네요

당신을 꺼내 멀리 던져 버리면
아슬한 어떤 날 욕지거리를 흘리며
함부로 그리워할까요

떠나지 못하는

부드럽고 튼튼한 심을 품고 있거나
한 가지씩 저만의 기억으로 와서
내 손 안에서 닳고 부러지던 연필들
볼펜 대롱에 끼워져서도 눈치껏 옆에 머물더니
쓸모 다했을 때도 저희끼리 뒹굴며 내 주변 맴돌더니
벽 장식 액자 속에 손때 묻은 꽃잎으로 피었다

얼마나 주춤대며 여기까지 왔나
아무렇지 않은 척하다가
아무렇지도 않다가
이제 모두 볼 수 있는 벽면에 걸리기까지

저들은 한사코 작품이라 우기지만
나에겐 분명코 궁상인 저 미련퉁이들

그러나 몽땅 연필들이 떠나지 못하는 것은
놓아주지 않는 내가 있기 때문이지

그가 꺼내줄 수 있을까

집들이 너무 친하게 붙어 있어
햇볕도 말벗도 필요 없는 우리 동네
때로 모니터 하나로 그윽한 날들

오전의 고요가 익어갈 즈음
멀리서 무덤 속 혼령들 깨우러 오듯
지상의 방울 소리로 그가 온다

언젠가부터 내가 기다리는
그의 목소리, 좀 더 가까이 오면
나를 무덤 밖으로 꺼내줄 수 있을까

지상으로 나갈 출구 하나 뚫어주면
그만 꺼 버리고 싶은 모니터 속 세상
다시 빠져드는 반복은
출구를 기억하기 위한 아리아드네의 실타래

푸르게 물오른 잔디보다

무덤 속 어둠이 환한 내게
오늘도 그가 지진파처럼 온다

골목골목 호명하는 택배 아저씨
쩌렁한 목소리

어둠은 꽃봉오리 같고

돌에 걸려 넘어졌다
어쩌다가 돌에 다가갔냐고 다들 혀를 찼지만
선택하기 전에 이미 닿아 있는 일도 있다

내 몸에 붙어 다니던 그림자가 나를 데려간 날
그는 어둠 덩어리였다

어둠은 기다림 가득한 바구니 같고
어둠은 오래 엎드려 울고 있는 사람 같고
어둠은 지나온 길 굽이굽이 알 수 없어서
내 그림자를 가만히 포개보고 싶었다
돌 구석구석 고인 쓸쓸함을 만져보고 싶었다

그러나 내 조바심만 덜컹거릴 뿐
어둠은 좀처럼 흘러내리지 않고
이쪽의 그림자까지 뭉쳐 더 단단해졌다

나는 결국 내 그림자에 걸려 넘어졌지만

아직도 저 돌은 꿈틀 깨어날 애벌레 같고
어둠은 곧 피어날 꽃봉오리 같고

옛 마음이 전송되었다

낯선 번호가 보내온 사진에
오래전 내 손끝에서 흘러나간 글씨들
어찌어찌 길 찾았다며
산 넘고 물 건너 함께 온 문자는 들떠 있다

언제였나
야근에 머리끄덩이 잡힌 스무 살 그녀에게
부적처럼 전도문처럼 꼬깃꼬깃 접어주던 날

그토록 참을성 있게 밝음 쪽에 그려 넣던 내일
그토록 성실하게 주머니 속에서 매만지던 희망
그때 우린 무슨 꿈을 꾸었나

색감 화려하고 커다란 꽃 한 송이가
심장 근처에서 회오리쳤다

그녀가 그간 어떤 물길 흘러왔는지 알 수 없지만
아직 깊은 강 가운데 있는

나의 뱃사공은 그날의 내가 아니다

그다지 믿을 것이 못 되는 내일이라고
옛날 메모 따위 취소하고 싶었지만

옛 마음 비슷한 것이 먼저 달려 나와
얼굴 한번 보자 했다

나와 난로

묵은 냉기 가득한 실내
그를 켜고 바짝 다가앉았다

창을 긁는 바람 소리도
퍼질러 누우려는 방도 그에게 집중했는데

아, 지나친 열기
너무 가까이 있는 것들은 금방 이렇게 옥죄어온다

코드를 뽑고 구석에 밀어두니
이내 또 한기가 몰려오고
이번엔 비스듬히 불러 앉힌다

나눌 수 없는 것이 많았던 우리
너무 일찍 야간 학생이 된 언니에겐 열아홉 살의 막
막함이
스무 살에도 책만 무거운 친구에겐 구름처럼 팽창
하는 꿈이

부끄러웠다

조금 멀리 앉은 저 난로
열찬 얼굴이 벽지 무늬에 일렁이다가
창틀에 후미진 화색으로 고이지만
내게 오는 중이라는 것을 안다

나는 그를 위한 받침대 첫 코를 뜨며
신들의 믿을 수 없는 이야기나
고대 악기 소리 같은
먼 곳을 기웃대기도 하리라

정면을 피해 비추는 난로가 없었다면
내 손발과 심장은
몇 번이고 나를 버렸을 것이다

보물 창고

석준이는 고향 집 뒷마당 감나무 그늘에 떨어진 감꽃

석준이는 감꽃 목걸이 걸고 우리 집 대문 앞에서 날 부르는 소리

석준이는 내 일곱 살에 동생이랑 돼지 새끼 맡겨 놓고 저녁까지 안 오던 우리 엄마

석준이는 징징대는 내 동생 제발 잘 놀길 바란 내 마음

석준이는 성근 울타리 비집고 앞길까지 휘젓고 다닌 돼지, 꼭 죽겠던 캄캄한 내 눈물

석준이는 돼지를 울 속으로 몰아넣던 긴 작대기

석준이는 내 동생 달래주던 딱지 통과 구슬 주머니

석준이는 손수건 가슴에 달고 걸어가던 십 리 학교 길

석준이는 옆집 살던 어릴 적 내 친구 아니고

석준이는 가끔 계단을 한 칸 한 칸 내려가 혼자 둘러보는 지하 깊숙한 보물 창고

대답

마음먹기 나름이라 한다
물고기가 아닌 내게
그가 함께 강을 건너자 한다

얼마간 물속 깊이 몸 담그고 이 악물면
꿈꾸던 들판 꿈같이 만날 거라고

아슬한 햇빛이나 부지런히 모을 줄 아는
나는 비탈에 선 나무

누군가 무연히 개다래 소문을 흘리고 갔다
잎이 꽃으로 몸 바꾼다고,
벌 나비 눈길 못 받아 열매 맺을 수 없는
너무 작은 꽃망울 때문이라 했다

햇빛 저장하던 초록을 버려 배고파도
기꺼이 커다란 흰색 꽃이 되는 개다래 잎
씨앗을 남기기 위해서라고 했다

한여름 강바람처럼 그가 토닥여주던 내 등줄기
그 갈피에서 햇빛 먹고 자라던 내 잎들

그를 등지고 떠나려는 대답은
함께 강을 건너는 일보다 쉬울까

어떤 마음을 삼키면 차오를까
초록을 벗고 물속에서 버틸 힘

모르는 사람을 따라갔다

혼자 걸으며
땅엔 듯 하늘엔 듯
그는 말 걸고 있었다

나, 어디-게?
빨간 대문집 지나-고
돌고래와 펭귄 세탁소 간판 보이-고
토끼와 달팽이 문구점 보이-고
어디-게?

저녁을 이상한 빛으로 물들이며 걸어가는 군복은
첫 휴가를 나왔거나
막 전역하고 돌아오는 노래일 것이다
낯설다가
듬직하다가
눈물이 고이는

그는 멀고 가파른 등성이를 넘어왔겠지

그는 출렁이는 파도의 속내를 수없이 헤아려 보았
겠지
　그는 구름 따라 흐르다가 스스로 비가 되기도 했겠지

　저녁을 휘파람 소리로 적시는 그의 말들에 끌려
　기다리던 당신이 아니지만
　모르는 사람을 따라 걸었다

　아름다운 것은 당신에게만 속한 것이 아니니
　골목과 시장 모퉁이 노을 지는 발자국이
　당신 없이 다정하였다

다례 체험

유리벽에 봄빛은 찰랑찰랑 어렸고
매화와 산수유꽃은 안을 들여다보고
좁은 개울이 먼 풍경으로 흘렀을 뿐인데

나는 아득한 전생의 시절로 돌아가
싸리문 밀치고 들어설 그대 기다렸는데

새순을 덖은 우전은 높고 귀한 것이지만
독 될 수 있어 피한다는 차 선생은
내게 주인을 한 번 해보라 했다

누구 몸에도 잘 스민다는 세작을 다관에 넣고
숙우의 물을 따랐다
선생이 알려준 허공의 한 지점
떨어지는 물소리에
한순간 지워진 나는
기분 좋은 그대 목소리에 닿다가 돌아왔다

찻잎들이 깨어나 봄날을 우려냈다
우전이나 세작은 누가 정해 놓았을까
찻잔마다 다 푸릇한 향 넘치는데
몸속으로 드는 경계는 그토록 분명한가

그대는 어디쯤 우전으로 머무는지
세작으로 흐르다 우연히 이곳을 지날 수는 없는지

내 다실에 들른 그대를 따라
전생 기억에 끌려
나도 흘러갈 수 있다면

제
4
부

밉고 그립고 캄캄한

나비

미싱을 배우고 싶다고 한다
커튼집 실밥 줍는 한 시간 빼서
식당 네 시간 괴러 간다는 레잉
한국 돈 벌어 안 힘들어,

수줍은 혀에 얹혀 나오는 저 말
언젠가 꼭 닮은 말의 쟁반 본 적 있다

우산 대신 비닐보가 빗속을 함께 뛰었을 뿐
오빠와 겹치는 미술 시간에 준비물 없이 앉아 있는
걸 준비했을 뿐
어서 빨리 자라고 싶어 날개가 좀 긁혔을 뿐
힘든 적 없었다고
레잉의 말인 듯
나의 말인 듯
언니의 말인 듯

베트남 엄마에게 돈 보내주고 싶다는 레잉

색도 무늬도 탈피에 기대던 애벌레 시절
비 새지 않는 지붕 그리다가
찾아든 남편 등껍질 열일곱 해 앞서 두터웠다
말을 할 수도 들을 수도 움직일 수도 없었지만

이제 그녀는 번데기가 아니다
시아버지, 아들 손자 좋아해
손녀 며느리 안 좋아해, 화나도 제사 잘한다는 레잉
집에서도 길에서도 날갯짓 한창인데
건너갈 수 있을까
날갯죽지 근육 붙을수록 방어 자세에 더 익숙해지는
어떤 몸들의 오래된 패턴

잡을 거라곤 빈손밖에 없지만
고향 땅심 떠올리면 끝내 닿을까
힘든 적 없는 내일 그곳에

꽃

아이는 늘 앞머리를 당겨 이마를 덮는다
옆머리를 끌어와 광대뼈도 감추려 한다

무슨 부끄러움 가리려는 걸까
하얀 피부를 밀어 올리며 뼈들은 제자릴 잡아가고
여자 친구 말을 되씹는 눈빛이 잔물결로 흔들리고
팔씨름에 열 올리며 씩씩거리는 입도 듬직한데

저 얼굴에
내 손이 닿을라치면
심술 난 소뿔처럼 밀어내는 아이
몰래 혼자 꺼내 볼 눈부신 비밀을 가졌음이 분명하다

저 아이의 머리를 걷어 올리고
오돌토돌한 볼과 이마를 만지고 싶다
알알이 씨앗을 품은 붉은 꽃을
가만가만 만나고 싶다

얼음

사열식에 이어
발차기와 받들어총
온몸에 스민 군기가 여름 햇살처럼 쨍쨍한데

너를 보러 간 훈련소 연병장에서
나는 손발 묶인 듯 오싹해진다

사방에 물방울 튀기며 쏟아지던
네가 보이지 않는다
어깨 걸고 다정하게 흐르던 냇물도 흔적 없고
그토록이나 속을 알 수 없던
웅덩이 물은 또 언제였더냐

내가 알던 출렁이는 시간들 굳혀
너를 깨뜨릴 한 주먹 키우는 것이냐
움켜쥔 힘
언젠가 다시 대지를 적시겠지만
어디선가 더 큰 물결로 일렁이겠지만

네가 없구나
너를 보러 간 훈련소 연병장
차갑고 딱딱한 알갱이들 빛날 뿐
어디에도 네가 보이지 않는다

젖고 있는 저이들

한때 양파들 팽팽하게 담았던 그물망
빈 몸으로 시장 바닥에서 비 맞고 있다
흠집 날까 일일이 감싸주던 과일망과
꽁꽁 동여 매주던 노끈 같은
쓸모 다한 것들이 그물망의 품 안에 모여
천막 모서리 쏟아지는 빗물 받아낸다
둘 곳 몰라 부품한 몸들끼리
손잡고 어깨 걸고 머리 맞대고
어디까지 궁리하는 것일까
궂은 날 피할 수 없는 행인들 바짓단 대신
묵직히 젖고 있는 저이들
온몸으로 물세례 받으며
가장자리 풋내기 조바심도 지켜줄 것이다

날 개이면 구석으로 숨어들 테지만
먹구름 몰려오면 언제든 나타날
저이들

꽃샘바람

세상없이 말간 얼굴로
가늘고 깊게 찔러대는 당신
조금만 더 심술처럼 억지처럼 뻗쳐오르세요

조금만 더 통곡처럼 비수처럼 아우성치세요
조금만 더 그렇게 놀다가, 어머니
기억하고 싶은 것만 동그마니 껴안고
당신 피고 싶은 대로 피어나세요

악다구니 한파의 날들 멀리 보내고
다시 한마당 꽃으로 필 당신인데
나를 몰라본들 어떻겠어요
울먹이는 내 어깨를 치고 간들 어쩌겠어요

화석

박물관 민속 생활 체험실에서
아궁이를 본다

거기 깊이 웅크린 엄마가 보인다
재 되지 못한 불씨 찾는
발 옆에 앞뒤 모르고 따라온 김들이
지나간 날들처럼 층층이 앉아 있다

펄펄 날리던 원초의 날도
바람에 물기를 한 톨씩 잃어가던 날들도
김들은 반듯한 사각으로 끌어안았다

아궁이 앞에 앉을 때마다
엄마는 떠나온 바다를 생각했을까

너무 깊은 물 속에서 아무것도 볼 수 없던 시절
햇살에 몸 말릴 때 빠져나간 염분처럼
당신 딸들도 하나씩 떠나갔다

어떤 가난한 밥상의 맛난 반찬이거나
잔칫집 풍성한 고명으로 얹혀도
비릿한 바다 내음 놓고 싶지 않았던
달궈질수록 투명해지는 사연들이
기도로 간 맞춰 굽혀지곤 했겠다

등에 초겨울 햇살을 쬐듯
파도 고개 굽이굽이 지나온 김들에
모서리까지 참기름 발라
알뜰히 불기운 쬐어 주시는 엄마

모든 아궁이마다
그 앞에 아직 그대로 있다

저장하는 길

무엇을 봉인하려는 걸까
길에 덧씌워지는 저 콘크리트

들어서기만 하면 세상 문 닫히고
전생의 한 시절로 돌아가는 피붙이들
지구 가장자리 비밀의 길

풀잎 매듭 우리 다정을 자빠뜨리고
달구지 바퀴 아래 황토 레일은
산 너머 마을로 끝없이 달릴 것 같았지

화전골 아침 해 밀어 올리던 엄마는
찹쌀 많이 해서 식구들 입 가득 찰떡 부치자 했는데
굴뚝 연기 속으로 돌아오던 저녁 있었는데
남매들 토닥대는 소리 아버지 담뱃진 냄새
길가 꽃가지들 인사도 몽글거렸는데

그 길 끝에 잔디 방 새로 들인 내 부모는

레테의 강물로 다 잊었을까
전생 기억

발뒤꿈치까지 따라온 잿빛에 쫓겨
카메라 속으로 파고드는 옛길
내 혈관 속 뭉근한 잔해로 고이겠지만

포장길은 저대로 묻어둘 게 있겠지
인적 대신 활개 치는 수풀 물리치고
계속 길로 살기 위해

열꽃이 피었어요

어쩌면 전생부터일까요
애초에 뭔가 열 받아 있지 않고서야
울 엄마 자궁에 왜 들앉았겠어요
딸 다섯 내리 낳은 그 집에

생각만 해도 하루하루 숨찼을 우리 엄마
첫 단추 잘못 끼운 내 열꽃 재우려고
더 뜨거운 아궁이 앞에 발가벗겨 세우곤 했지요
부엌문 안으로 걸고 짚불로 몸 쓸어내리면
꽃 핀 두드러기 사라지곤 했는데

그 꽃들 전생 기억 다 버리고
온전한 열매 맺길 빌었는데
엄마의 보물이 되어 주고 싶었는데
내 땅심은 얇디얇아서
아직도 늘 그 모양인 열꽃만 피우지요

조왕신 성주신 다 불러들여도

혼자서는 재울 수 없는 이 열꽃

엄마 찾아가면
망초꽃도 배롱나무도
봉분 곁에 한 식구로 해쭉거리는데

나는 도무지 읽을 수도
들을 수도 없는 세상이라니요

애야, 나도

네 외할머니는 늘 슬픈 눈으로 말했거든 누에가 빨리 자라야 우리 식구 먹을 게 나온다고 그 말이 어린 손목을 자꾸 잡아당겨서 내 손가락보다 굵은 누에를 집고 또 집었지 다 갉아먹은 뽕잎 맥 사이로 허연 누에가 기어 나오면 오그라드는 손을 감추고 싶기도 했지만 배부른 잠에서 깨어난 누에가 우리 엄마 웃음 같은 하얀 고치들을 달아주니까 섶마다 빼곡히 달아줄 거니까 망설임 같은 건 세상에 없는 말, 가끔 내 손등에 기어올라 꿈틀거리던 것도 있었는데 그것이 허옇고 굵은 누에였는지 먹물처럼 번져가던 어둠이었는지 확실치 않구나

애야, 나도 얼른 자라 엄마 예쁜 옷 사 주겠다 큰소리치고 싶었다 그러다 되레 응석 부리는 철부지이고 싶었다

신神이 되어야 할 사내

눈발 흩어져 뒹구는 저녁
길바닥 때리며 울부짖는 주정뱅이 그 사내
나, 알지 못하는데
간밤 꿈속에서 주름진 손목 잡고 밤새 울었네

두 손 따뜻이 잡아드리는 그것조차 못해 본 후회가
온 방을 떠다녔네
눈물에 젖은 이불 감추느라 지각하는 아침
제발 늦지 않게 해달라고
내 기도의 주인이 된

내겐 없어도 그만인
아무것도 아닌 당신
무덤에 드신 후 나의 신神이 된 아버지

고함과 술 냄새만 흔적으로 남긴 당신은
골목을 휘감아 도는 바람이었을까

살아 아버지가 아니셨으니
무덤에서라도 한 번 발휘해보시라고

나는 당신을 섬기고 싶다고

어쩌다 사진 한 장

눈 덮인 거름 산 정상에
올라서고 싶은 최초의 열세 살이 있네

히말라야 봉우리를 안은 듯
환한 얼굴 하나
털모자 털장갑의 한겨울 속에서
하늘에 경배하듯 두 팔도 뻗쳐 올렸는데

아래채 지붕보다 우뚝하게 솟아
한순간 나를 띄워 올린
설산은 지금 어디 있나

거친 손발과 구질한 한숨 다 덮어버리는
각설탕처럼 달콤한 눈
천왕봉 대청봉 품은 명산이길
얼마나 꿈속 헤매고 다녔던가

그러나 눈은

좀처럼 산이 되지 못하네

코 막고 멀찍이 돌아가고 싶은 뒷마당엔
거름 더미만 높네
들끓는 악취와 구더기 다져 넣고
알 듯 모를 듯 깊어가던 거름 산

한 겹 눈부신 흰 눈 아래
꽁꽁 얼어붙은 봉우리였네

투톤 사계
— 우리를 키우는 것은 기쁨일까 슬픔일까

봄
산들거리는 오리나무와 놀고 싶었지만
마른 흙 헤치고 참깨를 심었다
사람 손이 간 밭골에 윤기가 돌자
아버지 대신 오리나무가 고개를 끄덕였다

다른 봄
뒤란을 뛰노는
새벽 빗방울 소리 따라
토득토득 삭정이 분지르는 소리
아궁이에 온기 먹이시는 엄마 냄새가
구들장까지 파고들었다

여름
나락 논에 농약 치는 날
아버지 무거운 허리 펴주려다
작은언니가 농약에 취해 쓰러졌다
초록 잔디 위로 배롱나무 분홍 꽃이 하늘거리는
장터 의원집 방바닥에 누런 볏짚처럼 누워 있었다

다른 여름
모깃불이 감자 한 품 끌어안고
외양간 쪽으로 비척거리는 마당에
더위 부려 놓으며 멍석 펴는 친척들
집채만 한 모기장 치고
별도 불러 밤 깊도록 도란거렸다

가을
햇빛이 새들새들해진 마당 가에
말라빠진 고춧대가 쌓여 있었다
죽은 고춧대에 달린 고추를 따내는 일이
배가 아프고 싶을 만큼 싫었다

다른 가을
마당 가운데 노란 쌀가마니 산이 생겼다
바닥에 괸 장대 타고 놀다가
그 산 꼭대기에 올라 쉬노라면
멀리 길 쪽에 장에 갔다 오시는 빨간 아버지가 보였다
드디어 나도 책보자기가 필요 없게 되었다

겨울
노름꾼들이 잘 모이던
복자네 집 마당에 서서
눈발이 내 목소리처럼 시원찮게 날리는
그 집 마당에 서서 아버지를 불렀다

다른 겨울
서울에서 새벽차 타고 설 쇠러 온다는 큰언니가
푹푹 빠지는 눈을 밟고 저녁이 다 되어 왔다
서울 아이들이 쓴다는 새 공책 새 연필이랑
서울 아이들이 신는다는 보드레한 새 양말 든 가방을
꿈처럼 들고 왔다

뒷산 언덕에서

내가 여기 얼마나 오래 서 있었는지 왜 여기 소나무로 서 있는지 생각 중이었지만 저 낮은 무덤들 이 다정한 솔밭 구불한 비탈길 둥근 밥상처럼 모여 앉은 집들 아무래도 나는 이 언덕이 내 집만 같고 해거름마다 몰려들던 아이들 공소 안쪽 기웃대던 아이들 십자가에 부서지는 석양과 같이 빛나던 내 마음 드넓은 마룻바닥과 하얀 성모상 그려볼 때 아이들 닫힌 유리창에 노을만 부시다고 아이들 어느새 하나 둘 내 몸에 등을 기대오고 다시 아이들 함성 아이들 차올리는 고무신에 높게 열리는 하늘 높게 어두워져 가는 하늘 우리 나무들 사이 아이들 잡기 놀이 즐겁고 아이들 묘지 동산으로 향하고 아이들 미끄럼 타는 무등도 덩실대고 잠자리는 늘 맴돌다 사라지고

둥근 밥상으로 불려간 아이들 다시 오지 않는 아이들…… 묏등 바라보며 여기가 정말 내가 처음 뿌리 내린 그 자리인지 나는 왜 아직 여기 서 있는지, 어떤 발자국을 찾고 있었다

밤이 오면 알게 될 것이다

아무것도 모르는 포크레인이
아무렇지 않게 픽픽 찍어 내린다

동기간 쌈질에 온돌방 쫓겨나던 겨울날도
천둥벌거숭이 나를 받아안고 햇빛 쬐어주던 마룻바
닥도
박살 났다
외양간 식구들 돌봐주던 오빠의 청년도
그 앞에 부끄러워 오줌을 참던 내 일곱 살도
허물어진다

생의 한쪽이 뚝 떨어져 나간다
이 지상에서 흔적을 감춘
안달복달의 날들은 어디로 옮겨 앉는가

깡그리 빈터가 되어도
아무것도 사라지지 않을 수 있지
나의 기억은 이제 저들의 진짜 집이 되겠지

아무것도 아니구나
몸이 낡고 삭아서 버티기 힘들다고
조금씩 허물어지며 당신은 말했지만

밤이 오면 나는 알게 될 것이다
오늘 옛집을 허물어서
내 기억의 집이 더 넓고 두터워진다는 걸

어떤 숨소리의 거처가 사라져도
영영 지울 수 없는 색깔과 냄새가 있다
다른 숨 안에 그가 살고 있으므로

봄을 켜 두어라

1
정월 대보름 달님께 기도했었지 공터에서
멍석 위에 뛰놀던 윷가락 몰래
돌아가며 즐겁던 막걸리잔 몰래
간절했지만 아버지가 죽게 해달라고 빌진 않았어
세상에서 술만 없어지면 된다고 둥글게 손 모았는데
돌아선 등처럼 오래된 벽화처럼
무심하던 보름달
그래도 앞산머리 나무들은 용쓰며 부풀고

2
연둣빛 잔디 위 꽃잎보다
수면 따라 흐르는 꽃잎이 예쁘다고 티격댔지
비 온 뒤 봄산이 그림 같이 맑다 하면
무생명 그림에 견줄 생기 아니라고 타박하던
네 입술 손짓 몸짓 사이로
움켜쥐고 싶은 바람이 출렁거렸어
끈다고 잊혀지지 않아

3

철길처럼 가만히 놓인 새벽 위에
봄비 소리 긴 여운으로 밀려들면
간이역처럼 깊숙해지는 집
처마를 타고 마당으로 떨어진 소리가
쌀알처럼 내게로 튀어들고
나는 약속도 없이 머리를 빗곤 했지

다시 발갛게 들썩이는 능선 엉덩이에
밉고 그립고 캄캄한 봄

꽃을 데려갈 수 있을까

달구리, 달구락지, 그런 다리로
세월 껴입은 여자
내 어릴 적에 보았지
헝클어진 머리 위로 솟아오르는 목청
고무신 벗어들고 아이들 잡으러 오는 소리 같았지

그때 그니의 꽃은 어디에 두었던 걸까
사람들은 한 아름씩 제 꽃을 안고 가는데
머리에 주머니에 한 송이씩 꽂기도 하고
입이나 몸 깊숙이 머금기도 했는데

그니는 숨을 참던 어느 날에 활활 놓아버린 걸까
꽃을 본 적도 안은 적도 없는 것처럼

그만두고 싶다고 다 때려치우고 싶다고
그런 말조차 해볼 수 없는 사람에게 폭력처럼 휘둘
렀을 때
내 품에서 작아지던 꽃다발

문득 그니가 다가왔다
가시넝쿨 우거진 숲과
흙탕물 고인 웅덩이 지나야 한다고
가파른 등성이도 넘어가야 한다고

버겁다 꽃은 버겁다
어울리는 누군가에게 줘 버려라
나의 남루도 정답처럼 등을 때리지만

내가 그곳까지 가야 할 이유가 뭔가
꽃을 두고 간다면

'고백告白'의 시와 시인의 숙명宿命

전해수

문학평론가

김남이 시인의 시집『상처는 별의 이마로 가려야지』는 '지상의 것'들로 지칭되는 '하찮은 일상'을 진솔하게 그려내면서, '생활'이 혹은 '현실'이 어떤 방식으로 승화되어 저 하늘의 '별'로 다시 멈춘 심장을 뛰게 하는지를 느끼게 한다. 이른바 '하늘을 응시하는 것'은 상처를 보듬는 김남이 시인의 시적 자세와도 관련이 있는데, 시인은 '별'을 바라보되 캄캄한 현실에 발을 딛고 있는 체온體溫이 이보다 앞서 있어서, 먼 이상理想이 아니라 현실에서 움트는 '여기에서의 꿈'을 직시하고자 한다.

눈 덮인 거름 산 정상에
올라서고 싶은 최초의 열세 살이 있네

히말라야 봉우리를 안은 듯
환한 얼굴 하나
털모자 털장갑의 한겨울 속에서
하늘에 경배하듯 두 팔도 뻗쳐 올렸는데

아래채 지붕보다 우뚝하게 솟아
한순간 나를 띄워 올린
설산은 지금 어디 있나

거친 손발과 구질한 한숨 다 덮어버리는
각설탕처럼 달콤한 눈
천왕봉 대청봉 품은 명산이길
얼마나 꿈속 헤매고 다녔던가

그러나 눈은
좀처럼 산이 되지 못하네

코 막고 멀찍이 돌아가고 싶은 뒷마당엔
거름더미만 높네
들끓는 악취와 구더기 다져 넣고
알 듯 모를 듯 깊어가던 거름 산

한 겹 눈부신 흰 눈 아래

꽁꽁 얼어붙은 봉우리였네

　　　　　　　　　　　　　　　─「어쩌다 사진 한 장」 전문

「어쩌다 사진 한 장」은 '시가 탄생한 계기'를 시제詩題
로 삼은 시이다. 인용시는 눈이 소복이 쌓여 산봉우리
모양을 한 거름더미 위를 성큼 올라간 "열세 살" 아이의
사진 한 장에서 움튼 시인 것이다. 우연히 발견한 '사진'
속 유년의 화자가 위치한 시골 정경은 뒷마당에 악취와
구더기를 다져넣은 거름더미의 산이 있고, 그 산은 눈으
로 뒤덮여 악취는 온데 간 데 없고 마치 설산의 봉우리
인양 다른 모습을 이룬다. "열세 살"의 어린 화자에겐 처
음으로 만난 설산이자 히말라야 산등성이와도 다르지
않은 거름 더미의 산이 눈앞에 펼쳐져 있는 것이다. 그
거름 산에 올라 하늘을 향해 두 손을 뻗혀 환호하는 아
이의 모습은 정상을 오른 등반자의 벅찬 모습같이 사진
에 담겨 있다. 그러나 천왕봉 대청봉은 아닌, 거름더미
만 높은 거름 산이 아니던가. 사진으로 선명히 아로새겨
져 있는 눈 덮힌 거름 산에서 사진 밖의 나는 사진 속의
나를 응시하며 중가적重價的인 감정을 느끼는 것이다. 한
순간(!) 지붕보다 우뚝하게 솟아 나를 띄워 올린 저 거름
설산을 기쁜 듯 슬픈 듯 무거운 마음으로 환기하게 되는
것이다.

　어쩌다 발견한 사진을 통해 열세 살 이후의 팍팍한 삶

을 휘돌아 여기까지 이른 것을 깨닫는 화자는 그 시절의 거친 손발과는 다른 한숨의 세월을 반추하기도 한다. 그러나 누구에게나 오르고 싶은 봉우리(꿈)가 있듯 그 시절의 화자도 "꽁꽁 얼어붙은 봉우리" 하나 간직하고 있는 것이기도 하여, 히말라야 봉우리 못지않은 거름 산이야말로 열세 살이 오른 최초의 산으로 우뚝하게 솟아 있음을 인정하게도 되는 것이다. "어쩌다" 마주한 사진 한 장은 현실과 이상이라는 이중 프레임의 대척적인 지점을 쓸쓸하게 회고하고 있다.

어쩌면 전생부터 일까요
애초에 뭔가 열 받아 있지 않고서야
울 엄마 자궁에 왜 들앉았겠어요
딸 다섯 내리 낳은 그 집에

생각만 해도 하루하루 숨찼을 우리 엄마
첫 단추 잘못 끼운 내 열꽃 재우려고
더 뜨거운 아궁이 앞에 발가벗겨 세우곤 했지요
부엌문 안으로 걸고 짚불로 몸 쓸어내리면
꽃 핀 두드러기 사라지곤 했는데

그 꽃들 전생 기억 다 버리고
온전한 열매 맺길 빌었는데

엄마의 보물이 되어 주고 싶었는데
내 땅심은 얕디 얕아서
아직도 늘 그 모양인 열꽃만 피우지요

조왕신 성주신 다 불러들여도
혼자서는 재울 수 없는 이 열꽃

엄마 찾아가면
망초꽃도 배롱나무도
봉분 곁에 한 식구로 헤쭉거리는데

나는 도무지 읽을 수도
들을 수도 없는 세상이라니요

—「열꽃이 피었어요」 전문

「열꽃이 피었어요」에도 유년의 그리움이 상처를 내장하고 있음을 보여준다. "열꽃"에 대한 기억은 최초의 "설산(거름산)"에 대한 감정과 결코 다르지는 않다. 위 시의 화자 "나"는 "딸 다섯 내리 낳"은 집의 "첫 단추 잘못 끼운" 자식으로 묘사된다. 자식 많은 가난한 시골집의 처방이라는 것이 다 그렇지만 인용시의 화자도 열꽃을 재우기 위해 뜨거운 아궁이 앞에 발가벗겨져 짚불로 몸을 쓸어내리는 민간요법으로 상처를 치료받은 경험을 기억한다. 그러나 열꽃들의 전생을 다 지우려는 행위처럼 엄마는 많은 자식들을 키워내는 일들이 버겁기에 하루하루가 숨이 찼을 것이다. "조왕신도 성주신도" 다 채울 수 없던 화자의 가슴 속 열꽃 때문에 화자는 지금도 어머니의 기대에 부응하여 온전한 열매가 되지 못한 자식으로 스스로를 치부하고 있다. 「열꽃이 피었어요」는 엄마 자궁에 들앉은 전생의 기억과 열꽃으로 꽃 핀 혹은 열꽃으로 상처 입어 두드러기로 전신에 번진, 온전히 모든 것을 다 읽을 수도 들을 수도 없는 여성(엄마)의 한 생을 들여다보고 있다.

혼자 걸으며
땅엔 듯 하늘엔 듯
그는 말 걸고 있었다

나, 어디-게?
빨간 대문집 지나-고
돌고래와 펭귄 세탁소 간판 보이-고
토끼와 달팽이 문구점 보이-고
어디-게?

저녁을 이상한 빛으로 물들이며 걸어가는 군복은
첫 휴가를 나왔거나

막 전역하고 돌아오는 노래일 것이다
낯설다가
듬직하다가
눈물이 고이는

그는 멀고 가파른 등성이를 넘어 왔겠지
그는 출렁이는 파도의 속내를 수없이 헤아려 보았겠지
그는 구름 따라 흐르다가 스스로 비가 되기도 했겠지

저녁을 휘파람 소리로 적시는 그의 말들에 끌려
기다리던 당신이 아니지만
모르는 사람을 따라 걸었다

아름다운 것은 당신에게만 속한 것이 아니니
골목과 시장 모퉁이 노을지는 발자국이
당신 없이 다정하였다

—「모르는 사람을 따라 갔다」 전문

　　성장기라 해서 저만치 가 있는 유년만 존재하는 것
은 아니다. 청년 시절, 첫 휴가를 나왔거나 막 전역을 한
"걸어가는 군복"에 대한 기억은 성글게 자란 청년 '나'이
기도 하고 서투르게 "기다리던 당신"이기도 하려니,「모
르는 사람을 따라 갔다」는 혈기 넘치는 미숙한 사랑의

감정에 홀려 자신을 홀연 놓아버린 청년 시절에 대한 그리움이 켜켜이 새겨져 있어 뭉클한 감상에 휩싸이게 한다. 휴가 나온 혹은 전역한 군인이 "나 어디게?" 말을 걸고 있는 대상은 문득 전화 속 당신이거나 아니면 지금(전역후) 직면한 낯선 세상과의 아스라한 첫 대면을 상기시킨다. "군복"이 품은 '꿈'은 새로운 세상에 대한 기대이고, 또한 모든 연인에게는 재회이며, 자식을 둔 어미에게는 다정하게 "기다리던 당신"이니, "혼자 걸으며/하늘인 듯 땅인 듯/말 걸고 있는" 불확실한 대상은 "모르는 사람"일지언정 여전히 "다정"한 존재일 뿐이다. 시인은 유년을 통과하여 청년이 된 이후를 반추하며 그렇게 자신의 성장을 시차를 두고 쓸쓸하게 바라보고 있다.

툭 던진 너의 말이
내 책상 위로 떨어지자
늦은 밤의 보료에
활자들이 유리 파편으로 흩어진다

보이지 않는 별을 안고
낮과 밤의 경계를 떠도는 나를 너는 모르고
밥이 되지 못해 당당할 수 없는 내 어떤 일을
너는 도무지 모르고

너의 말이 아니어도 가끔 생각한 적 있다

당찬, 맹렬한 같은 말을 품고 살았다면

코스모스보다 검붉은 장미를 좋아했다면

놓인 자리보다 놓일 나를 곰곰 따져보았다면

—「왜 그렇게 살아」 부분

하여 시인이 겪는 현재의 감정은 젊은 날의 순수함과 패기를 잃은 "보이지 않는 별을 안고" 살아가고 있는 시간이기에 "왜 그렇게 살"고 있냐는 핀잔의 목소리를 따갑게 듣는다. 화자는 "경계를 떠도는" 마음의 소리를 통해 비로소 현재의 "놓인 자리보다 (앞으로) 놓일 나를 곰곰 따져"보는 시간 앞에 당도한다. 그럴 때마다 "늦은 밤의 보료에/ 활자들"을 가져다가 지금 들리는 목소리에 시로써 응답하고자 한다. 시詩는 그렇게 시간을 살며, 시인의 이야기를 고백하면서, 상처로 가려진 저 하늘 '별'에 한걸음, 다가간다.

사원식당 앞 은단풍 나무,

어린아이 징검다리 건너듯 갸웃갸웃

자그마한 풍선이 포르르 날며 구르는 듯

조심스레 입 밖으로 걸어 나오는

그 소리 은은하고 맑아서

나중에 '은단풍'이라는 딸을 낳고 싶었던

그 나무 밑에서 점심시간마다 우리는 비스킷을 먹었지
기계 소리도 작업반장도 없는 그 나무 밑에서 깔깔거리며
스무 살 부근을 와작와작 부셔 먹었지만
몇몇은 그 나무에 기대어 늙은이처럼 담배를 피워 물었지
만

사원식당 앞 은단풍
깨끗한 아침 햇살과
강해지려고 자꾸 다짐하는 한낮의 태양과
한쪽 뺨이 그늘진 노을도 골고루 먹고
큰 키로 수천의 반짝이는 잎들 흔들 때
내가 믿는 신처럼 올려다보게 하던

은단풍 은단풍 은단풍
그렇게 주문을 외면

내 안에서도 나무 한 그루 뚫고 나와 삐죽 솟던
그 나무에 무엇인가 자꾸 매달고 싶던……
　　　　　　　　　　　　　　　　　─「은단풍」 전문

2011년 농민신문 신춘문예 등단작이기도 한 「은단풍」
은 "기계소리" 및 "작업반장"이 암시하는 바처럼, "나무

밑"(지상)의 현실과 "은단풍을 매단" 나무 위의 햇살(자연)이 대비되면서 "그 나무에 무엇인가 자꾸 매달고 싶"다는 동경(꿈)의 매개로써 "은단풍"을 설정하고 있다. 특히 "은단풍 은단풍 은단풍/그렇게 주문"을 외듯, 반복하며 되뇌는 입속말을 통해 현실의 피로를 던져버릴 수 있는 이상세계를 향한 문(통로)을 열고 들어가, 다른 세계로의 이동을 슬며시 기대하게 한다. 김남이 시인은 등단 당시 농민신문의 당선 평에서도 "은단풍이라는 음성이 내장한 은은하고 맑은 느낌을 자신의 체험과 잘 배합한"시라는 평가를 받았으며 아울러 "시인의 해맑은 세계관이 활달한 어조에 실"려 시의 느낌을 잘 전달하고 있다는 평을 받은 바 있다. 무릇 「은단풍」은 고백의 시가 갖는 진실함과 담백함을 내보이면서도 체험을 중심으로 시제의 변화와 시차의 의미를 이끌어내는 데에도 힘을 쏟는다. 그렇다. 등단시 「은단풍」 이후 지금까지 김남이 시인이 걸어온 시의 걸음도 이와 무관하지 않으며, 특히 '고백告白'의 감정이 섞인 체험적 구절은 김남이 시의 특장特長을 잘 보여주는 개성으로 인식된다.

새벽 꿈은 맛있냐고
왜 새벽에만 불을 지피냐고 물을 수는 없어요

가시를 눕히고 돌아오는

저녁마다 언니들 몸이 분열되는 걸 알아요
주방에서 세탁실에서 아이 방에서
한밤중을 건너며 모여드는 등과 손발과 팔다리
언니들이 얼마나 서둘러 수습하는지 알아요

새벽 세 시에나 잠들 수 있다는 박언니
뿔뿔이 잠든 부위들 새벽녘에 모인다는 김언니
송언니는 가끔 도술도 부린다지요 두 몸이 되거나
하루를 이틀로 산다니 북해를 다녀온 걸까요
일찍이 기언니는 현주(玄州)의 불사약을 먹고
몸 가볍고 기운 강건해 하늘과 땅 오갔다지요

우리도 북해로 가요
공작 깃털 같은 자귀나무 꽃잎을 책갈피에 말리던 언니
해질녘 달맞이꽃 이름 되뇌며 「첫사랑」도 훔쳤지요
창가에 기대어 투르게네프와 속삭이던 꽃잎들
기다리다 지치면 한순간에 날아가 버릴 걸요

맛있는 꿈이 끓어 넘쳐도
새벽빛은 너무 얇고 짧다는 걸 알아요

북해의 잠들지 않는 약초로
오만 일들 한 칼에 눕혀 버리게

북해로 가요 언니들

—「북해로 가요 언니들」 전문

인용시에서 "북해"는 현재의 거친 삶을 내려놓을 수 있는 이상세계로 설정되어 있다. 「북해로 가요 언니들」에서 "언니들"은 물론 '여성'을 지칭하는 지시대명사이다. "언니들"은 금오신화 속 '기 여인'이거나 투르게네프의 「첫사랑」 속 연인을 꿈꾸지만 결코 상상으로 이룰 수 없는 꿈이기에 "주방에서, 세탁실에서, 아이 방에서" 시인은 새벽빛을 맞이하는 언니들을 느낄 뿐이며, 이 언니들은 "몸이 분열"되는 과로에 휩싸인 '여성'으로 묘사된다. 예컨대 "가시를 눕히고" 돌아와 한밤중을 건너며 "등과 손발과 팔다리"를 서둘러 수습하는 "언니들"의 삶이란 그저 "박언니, 김언니, 송언니"로 통칭되는 불특정不特定 여성이라 할 수 있으며 아울러 지상의 모든 여인이 겪는 피로를 극대화하면서 "북해"로 설정된 현실과 다른 세계를 꿈꾸는 여성으로도 이해된다.

생의 한쪽이 뚝 떨어져 나간다
이 지상에서 흔적을 감춘
안달복달의 날들은 어디로 옮겨 앉는가

깡그리 빈터가 되어도

아무것도 사라지지 않을 수 있지
나의 기억은 이제 저들의 진짜 집이 되겠지

아무것도 아니구나
몸이 낡고 삭아서 버티기 힘들다고
조금씩 허물어지며 당신은 말했지만

밤이 오면 나는 알게 될 것이다
오늘 옛집을 허물어서
내 기억의 집이 더 넓고 두터워진다는 걸

어떤 숨소리의 거처가 사라져도
영영 지울 수 없는 색깔과 냄새가 있다
다른 숨 안에 그가 살고 있으므로

ㅡ「밤이 오면 알게 될 것이다」부분

그리하여 '언니'이기도 한 '나'의 밤은 "안달복달의 날"
들이 채워진 '집'의 시간 안에 머문 한계를 지녔다. 이처
럼 김남이 시인은 내재된 여성의 상처를 숙명처럼 안고,
밤마다 오는 시詩의 시간을 응시한다. "안달복달의 날"
들이 "집"에 가득하고, "생의 한쪽이 뚝 떨어져 나가" 존
재의 흔적이 미미하여도, 밤이 오면 이 모든 것들은 천
천히 깨어나 시詩의 세계로 또 다른 거처(집)를 짓는 것

145

이다. "집"의 상처가 밤하늘의 '별'처럼 반짝이는 시詩로 다시 태어나는 순간을 맞닥뜨린다.

저녁에 유리창에 어리는 물기를 보았다

낯설고 낯선 한 사람이 창 밖에 서 있었다

오래전에 가본 먼 곳을 한참 생각했다

―「환절기」 부분

"환절기"마다 앓는 정처 없음의 '방황'은 그러므로 시인의 숙명宿命이다. 자주 "낯설고 낯선 한 사람"으로 되돌아와 "창 밖"을 응시하는 것도 또한 시인의 숙명일 것이니 "오래 전에 가 본 먼 곳"은 이제 지상의 것들을 통과하여 저 별에 이를 것이라 믿고 싶다. 아마도 시「환절기」의 동통疼痛은 "누군가의 발을 옮겨 딛게 하는 힘의 원천"(시인의 말)이 될 것 아닌가. 저 하늘의 별빛에 의해 시인의 상처는 가려질 것이다. 하여 마침내 김남이 시의 내일은 어제에 의해 온전히 다시 태어날 것이다.

열
린
選

0
0
5

상처는 별의 이마로 가려야지

김남이 시집

초　　판 1쇄 인쇄일 · 2021년 06월 07일
초　　판 1쇄 발행일 · 2021년 06월 17일

지은이 ｜ 김남이
펴낸이 ｜ 노정자
펴낸곳 ｜ 도서출판 고요아침
편　　집 ｜ 이양구 김남규

출판등록 ｜ 2002년 8월 1일 제 1-3094호
주　　　소 ｜ 03678 서울시 서대문구 증가로 29길 12-27, 102호
전　　　화 ｜ 02-302-3194~5
팩　　　스 ｜ 02-302-3198
E - m a i l ｜ goyoachim@hanmail.net

ISBN 979-11-6724-028-6(04810)
세트 979-11-966321-9-9(04810)